Marion Neuhauß

Du und ich –

Gedichte
mitten aus dem Leben

Marion Neuhauß

Du und ich –

Gedichte
mitten aus dem Leben

Im Verlag Books on Demand ist ebenfalls erschienen:

Marion Neuhauß
Du und ich –
Gedichte über Freundschaft und Liebe
ISBN-13: 978-3-8370-0307-9

Bibliografische Informationen Der Deutschen Bibliothek:
Die Deutsche Bibliothek verzeichnet diese Publikation in der Deutschen
Nationalbibliografie; detaillierte bibliografische Daten sind im Internet über
http://dnb.ddb.de abrufbar.

© 2008 Marion Neuhauß
Herstellung und Verlag: Books on Demand GmbH, Norderstedt
Fotos: Marion Neuhauß

ISBN-13: 978-3-8370-6370-7

Das Leben

ist vielfältig und verläuft nicht immer so, wie wir es uns
wünschen. Die folgenden Gedichte greifen diese Tatsache auf
und nehmen sich der unterschiedlichsten Erlebnisse und Gefühle
an, räumen den positiven wie auch den negativen Momenten ihren
Platz ein.

Doch was auch immer an Prüfungen auf uns zukommt – mit
Menschen an unserer Seite, die uns helfen und zu uns stehen,
können wir sie meistern. Dieses Wissen befreit uns von unseren
Ängsten, lässt uns hoffen. Macht uns stark und gibt uns Mut.

Damit wir das Leben wieder unbeschwert gemeinsam genießen
können.

Mein Dank

gilt all jenen, die mir zur Seite stehen und diese Sicherheit
vermitteln. Es ist ein großartiges Gefühl!

Weitere Infos gibt es unter: www.marion-neuhauss.de

Miteinander durchs Leben

Miteinander durchs Leben gehen.
Heißt
Veränderungen erleben
und akzeptieren,
Neues lernen
und Gewohntes hinter sich lassen.
Heißt
älter werden,
sich entwickeln.
Mit offenen Augen
und wachen Sinnen.
Mit Toleranz
und Liebe.
Mit Mut
und Herzenswärme.
Nicht nebeneinander her,
sondern gemeinsam.
Als feste Größe in unserem Leben.

Über Grenzen hinaus

Ich habe Grenzen überwunden
und Neues gewagt.
Bin aus mir heraus gegangen,
habe unbekannte Wege beschritten.
Anfangs noch unsicher,
inzwischen mit der Gewissheit,
dass es die richtige Entscheidung war.

Du hast mich stets darin bestärkt,
hast mir Mut gemacht.
Hast unbeirrt zu mir gehalten
und mich unterstützt.

Ich habe es geschafft.
Durch Dich.

Geborgen

Mein Leben
beschenkt mich mit Freunden
und meiner Familie.
Mit gemeinsamen Momenten
und erfüllenden Erinnerungen.
Sie umgeben mich wie ein Kokon der Liebe,
wehren Negatives ab,
geben mir Schutz.
Die Dornen des Lebens,
die mich verletzen wollen,
dringen kaum hindurch.
Und die Gewissheit,
geliebt zu werden,
verdrängt jeden Schmerz.
Mein Leben in ihrer Mitte.
So schön.

Ansichtssache

Glück –
jeder wird diesen Begriff
wohl anders erklären.
Einer ist zufrieden
mit kleinen glücklichen Momenten.
Andere suchen
nach dem ultimativen großen Glück.
Meinen, dass sie sich nicht zufrieden geben können
mit dem, was sie haben,
weil es bestimmt noch so viel mehr gibt.
Verschmähen die vielen kleinen Glücks-Puzzleteile,
weil sie nur das fertige Bild vor Augen haben.
Aber das eine ist ohne das andere nicht zu erreichen.

Befreiend

Gemeinsam lachen.
Herzerfrischend,
albern,
frotzelnd.
Über Kleinigkeiten,
die zwar nicht wirklich wichtig sind,
die mir aber ungemein fehlen würden.
Die mir immer wieder bestätigen,
wie befreiend,
wie einfach und gleichzeitig
wie bedeutend
ein erheitertes Lachen sein kann.

Träume

Ein Traum,
der wie eine Seifenblase zerplatzt.
Kein Grund zu verzagen,
kein Anlass, das Träumen aufzugeben.
Träume beflügeln uns,
lassen uns Beschränkungen vergessen,
geben uns Kraft für das Kommende.
Zeigen uns neue Möglichkeiten auf,
weisen uns den Weg.
Und sind es immer wert,
geträumt zu werden.

Spielraum

Das Leben ist nicht immer fair,
viele Dinge bleiben
unverständlich,
rätselhaft,
lassen uns wütend oder verwirrt zurück.
Wir müssen einen Weg finden,
damit umzugehen.
Unseren ganz persönlichen Weg.
Müssen selbst entscheiden,
was wir akzeptieren und
wann wir kämpfen.
Müssen den Spielraum nutzen,
der sich uns bietet.
Damit es unser Leben bleibt.
Und wir dieses Leben
auch wirklich leben.

Halte mich

Nimm mich in den Arm,
halte mich,
drücke mich ganz fest.
Frage nicht,
denn ich habe momentan keine Antworten.
Habe keine passenden Worte,
um es zu erklären.
Nur das erdrückende Gefühl,
den Boden unter den Füßen zu verlieren.
Ich brauche
Deine Sicherheit.
Deine Ruhe.
Deine Nähe.
Ich brauche Dich.

Eine Frage

Die Frage steht im Raum,
wartet bang auf eine Antwort.
Schwer beladen mit meinen Zweifeln.
Mit meiner Unsicherheit,
ob es richtig war, sie zu stellen.
Wenn ich es nicht gewagt hätte,
könnte ich nicht enttäuscht werden.
Aber auch sicher nicht gewinnen.

Einsam

Ich dachte,
ich kenne Dich.
Verstehe Dich.
Doch was passiert mit uns?
Die Gedankenverbindung ist abgerissen
und es scheint Dich nicht zu interessieren.
Banalitäten schleichen sich ins Gespräch
und es scheint Dich nicht zu stören.
Das Wetter
als Inhalt einer Freundschaft?
Meine Emotionen laufen Sturm,
ich bin ungläubig und verletzt.
Du bist mir plötzlich so fremd
und ich fühle mich an Deiner Seite
einsam wie nie zuvor in meinem Leben.

Verletzt

Worte,
die verletzen.
Unbedacht ausgesprochen.
Zornig machend.
Meine Frage nach dem ‚Warum'
bringt Deine Entschuldigung.
Worte,
die versöhnen.
Erklären.
Meine Wut auflösen,
die Wogen der Erregung in mir glätten.
Bringen Dich mir wieder nahe,
lassen mich verzeihen.
Herz und Verstand
sind wieder im Einklang.
Genau wie Du und ich.

Wachsendes Glück

Verständnis füreinander haben,
sich Raum geben,
die Persönlichkeit gegenseitig
entfalten lassen und
mit Achtung behandeln.
Aneinander Halt finden und
miteinander wachsen.
Das ist Glück.
Unser Glück.

Nicht schwindelfrei

Es ist komplett anders.
Gänzlich ungewohnt.
Ich fühle mich bei jedem Gespräch mit Dir,
als ob ich auf dem Drahtseil balanciere.
Jedes Wort ist plötzlich
sorgsam abzuwägen,
vorsichtig zu bedenken,
sonst wird es vielleicht
ein Schritt ins Leere.
Mal geht es vor,
dann wieder zurück,
das Ziel ist schon greifbar nah
und doch
so unerreichbar weit weg.
Lass uns wieder
festen Boden unter den Füßen gewinnen,
damit wir unbeschwert und bedenkenlos
miteinander reden können.
Denn auf längere Sicht
bin ich nicht wirklich schwindelfrei.

Gar nicht so einfach

Gar nicht so einfach,
Dir beizustehen,
wenn Du mich nicht lässt.
Wenn Deine Seele
mit jedem Blick laut nach Hilfe ruft
und Dein Willen sie ablehnt.
Macht die Situation nicht leichter.
Aber wer hat auch behauptet,
dass in einer Freundschaft
immer alles leicht sein würde?

Kein Entkommen

Du lässt Dich von Deinen Gefühlen hinab ziehen,
bist nur allzu willig dazu bereit,
leistest keine wirkliche Gegenwehr.
Fühlst Dich zu kraftlos,
um zu kämpfen.
Zu mutlos,
um es überhaupt zu versuchen.
Wähnst Dich in einer aussichtslosen Situation,
ohne Möglichkeit, ihr zu entkommen.
Doch sag mir,
was ist anders als vor ein paar Tagen?
Was vermittelt Dir den Eindruck,
dass es keine Lösung gibt?
Und wie kannst Du daran zweifeln,
dass wir gemeinsam
einen Ausweg finden werden?

Hand in Hand

Nimm meine Hand
und halte sie fest.
Wärme Dich.
Spüre die Sicherheit
und den Trost.
Drücke sie so fest Du willst
und besiege dadurch Deine Angst.
Erzähle mir,
was Dich bedrückt,
was Dir auf der Seele liegt.
Gib mir etwas von Deiner Last ab.
Lass Deine Hand in meiner ruhen,
finde in dieser vertrauten Geste
Deine Ausgeglichenheit wieder.
Komm zur Ruhe und
verlass Dich auf mich.
Sei Dir meiner
ganz einfach völlig sicher.

Abwarten

Warten.
Auf den richtigen Moment.
Auf ein Zeichen.
Oder eine Entscheidung.
Darauf, dass es endlich passiert.
Oder dass es vorbei ist.
Die Möglichkeiten sind vielfältig,
erfordern allesamt
Geduld
und Besonnenheit.
Denn manchmal ist Abwarten
das Einzige, was hilft.

Mächtig

Ein Lächeln
kann Herzen öffnen,
Trost spenden,
Kraft geben,
Mut machen.
Welche andere kleine Tat
hat eine solche Macht,
das Gute in uns zu erwecken?

Dieser eine Weg

Der Knoten ist geplatzt,
nach Tagen innerer Unruhe
und tief sitzenden Zweifeln.
Die Lösung ist zum Greifen nahe,
nur dass ich sie vorher nicht gesehen habe.
Plötzlich fügen sich die Einzelteile zusammen
wie in einem Puzzle.
Als wäre es schon immer
ganz klar gewesen,
als hätte es von Anfang an
nur diesen einen Weg gegeben.

Wieder da

Es war weg,
war einfach nicht mehr da.
Hat mir schrecklich gefehlt.
Für ein paar Tage hattest Du es verloren
und ich habe es so sehr vermisst.
Doch da ist es wieder:
Dein Strahlen,
dieses von innen heraus Leuchten,
das stets ein unverkennbarer Teil von Dir ist
und auch mein Leben erhellt.
Es erfüllt mich mit Glück,
dass es zurückgekehrt ist.
Dass es Dir wieder gut geht.

Vertrauen

Vertrauen
wird über lange Zeit aufgebaut,
Stück für Stück,
mit jeder gemeinsamen Erfahrung.
Verlangt ständige Aufmerksamkeit,
kann in Sekundenschnelle
enttäuscht oder sogar
für immer zerstört werden.
Vertrauen
ist ein kostbares Gut,
mit nichts aufzuwiegen.
Kann uns Erleichterung verschaffen,
wenn wir Lasten mit uns herumtragen.
Lässt andere für uns da sein,
gibt uns den Rückhalt,
den wir brauchen.
Vertrauen,
was auch immer kommt.
Du hast es.
Hast mein vollstes Vertrauen.

Erinnerungen

Schöne Erlebnisse,
die Freude dabei,
das Lachen,
das empfundene Glück.
Erinnerungen,
die mir keiner nehmen kann.
Kleine Schätze,
die ich tief in mir bewahre,
die das Leben so wertvoll machen.
Die mir Wärme und Licht
ins Herz bringen.

Neue Richtung

Du willst Dein Leben ändern,
findest Dich darin nicht mehr wieder.
Möchtest wieder selber entscheiden und
Deine Vorstellungen umsetzen.
Bedenke dabei,
im Leben ist nicht alles nur schwarz oder weiß,
es gibt viele Schattierungen dazwischen.
Nicht alles, was bisher geschah,
war falsch.
Und nicht alles, was Du Dir wünschst,
wird sich als richtig erweisen.
Darum schau genau hin,
ob die neue Richtung Dir wirklich gefällt.
Und versuche,
den für Dich passenden Kurs zu finden.

Bewährungsprobe

Manches Mal sind wir Menschen sehr nah
und dringen doch nicht zu ihnen vor.
Missverständnisse bahnen sich ihren Weg
wie eine Lawine auf immer breiterer Spur.
Wir stehen machtlos daneben,
müssen das Geschehen verfolgen,
ohne den Lauf der Dinge aufhalten zu können.
Worte verhallen ungehört,
Mienen verschließen sich.
Die Unvernunft scheint zu siegen.
Doch wir dürfen nicht aufgeben,
es wird der Augenblick kommen,
an dem wir erste Erfolge erzielen.
Die verhärteten Fronten durchbrechen.
An dem sich unsere Beharrlichkeit auszahlt
und unsere Freundschaft sich bewährt.

Verändert

Eigentlich
hat sich nichts geändert
und doch …
Alles ist anders.
Unerklärlich,
ohne wirklichen Grund,
ganz tief in Dir drin.
Nicht zu verhindern,
keine Möglichkeit,
die Entwicklung aufzuhalten oder
das Rad zurückzudrehen.
Nur die Erkenntnis,
dass die neue Situation
nun ein Teil von Dir ist.

Schwäche

Schwäche einzugestehen,
zunächst sich selber,
aber auch anderen gegenüber.
Fällt schwer,
erfordert eine Menge Überwindung.
Erfordert den Mut der Offenheit,
verdrängt die Verdrängung.
Eröffnet uns dabei neue Perspektiven,
gibt uns die Möglichkeit,
Hilfe zu bekommen.
Sie anzunehmen.
Zu lernen
und die Kräfte wieder zu sammeln.
Und dadurch das Leben besser zu meistern.

Was wäre wenn …?

Was wäre,
wenn Du die Zeit zurückdrehen könntest,
Dich an diesem einen Punkt in Deinem Leben
anders entschieden hättest?
Du spielst mit den Erinnerungen,
gibst ihnen Raum zur Entfaltung,
gewährst ihnen die Gelegenheit,
Dich erneut zu verzaubern.
Doch vergiss dabei nicht,
außer den Erinnerungen
ist nichts mehr so,
wie es einmal war.
Die Welt hat sich verändert,
Du hast Dich verändert.
Vieles von dem,
was heute Dein Dasein ausmacht,
was es bereichert,
wäre nicht vorhanden.
Wäre nie passiert.
Darum nimm die Erinnerungen
als das, was sie sind.
Schöne Zeiten.
Aber eben auch
vergangene Zeiten.

Mitten im Sturm

Eine einfache Frage,
ganz harmlos an Dich gerichtet,
ohne Hintergedanken,
ohne böse Absicht.
Deine Antwort jedoch schießt mir entgegen
wie der Sektkorken
aus einer geschüttelten Flasche.
Enthält so viel Empörung,
ist schwer beladen mit Deiner Erregung,
umspült mich wütend
wie eine stürmische Welle den Felsen.
Zeigt mir,
wie groß Deine Anspannung derzeit ist,
wie sehr Du aus dem Gleichgewicht geraten bist.
Gibt mir die Ruhe und Besonnenheit,
um für Dich da zu sein.
Und die Kraft,
Dein Blitzableiter zu sein.

Balance

Wahre Freundschaft
bedeutet Nehmen und Geben.
Bedeutet füreinander da sein,
ohne es jemals
als Verpflichtung zu empfinden.
Wahre Freundschaft
beinhaltet immer eine Balance,
einen sorgsamen Ausgleich,
eine gefühlte Gerechtigkeit.
Ganz instinktiv,
ohne darüber nachzudenken.
Und vor allem,
ohne es extra zu betonen.

Bunte Farben

Liebe
kann so viel geben.
Kann aber auch
unglaublich verletzen.
Du öffnest Dich,
zeigst Deine Gefühle.
Lässt Deine Abwehr fallen und
wagst einen Schritt nach vorn.
Riskierst
Zurückweisung,
Unverständnis,
Gedankenlosigkeit.
Doch erschrecke nicht zu sehr davor,
höre nicht damit auf.
Denn nur auf diesem Weg
kannst Du auch alles gewinnen.
Kannst Dein Dasein mit bunten Farben füllen.
Dein Herz erwärmen.
Dich lebendig fühlen.

Jederzeit

Selbst wenn es Dir selber
nicht so sonderlich gut geht,
Du vergisst nie,
mich nach meinem Befinden zu fragen.
Selbst wenn Du gerade
an allen Ecken und Enden beansprucht wirst,
Du vergisst nie,
mir Hilfe anzubieten.
Selbst wenn Dich alle
mit ihren Problemen überschütten,
Du vergisst nie,
mir ein offenes Ohr zu schenken.

Ich weiß oftmals nicht,
wie Du das bewerkstelligst,
aber eins weiß ich ganz sicher:
Du bist für mich da.
Jederzeit!

Wanderung durchs Leben

Das Leben ist vergleichbar
mit einer Wanderung
hoch oben im schroffen Gebirge.
Der Weg ist steinig und mühevoll,
man schnauft und schwitzt,
überlegt sich schimpfend,
warum man diese Schufterei überhaupt auf sich nimmt.
Überprüft ab und an die Richtung
und kämpft sich weiter voran.
Am Ziel angelangt,
auf dem Gipfel stehend,
ist die Mühsal augenblicklich vergessen.
Man lässt den Blick schweifen
und die Faszination ergreift einen.
Dieser Moment
macht alles wieder wett.
Nichts im Leben wird einem geschenkt.
Und ohne Anstrengung
würde einem sehr viel verborgen bleiben.

Was auch immer kommt

Es erfordert Selbstvertrauen,
zu seinen Überzeugungen zu stehen,
wenn alle anderen plötzlich
das Gegenteil behaupten.
Es braucht Mut,
weiter für etwas zu kämpfen,
wenn alle anderen bereits
den Rückzug antreten.
Du hast beides.
Das bist Du.
Damit imponierst Du mir,
gibst mir die Gewissheit,
dass Du für mich eintreten wirst,
was auch immer kommt.
Selbst wenn Du dafür
gegen den Strom schwimmen musst.

Freundschaft

Freundschaft –
häufig genutztes Wort,
nicht immer mit Leben gefüllt.
Dient manchen in guten Zeiten
als Vorzeigemodell,
ist in schlechten Zeiten
doch gar nicht so gemeint gewesen.
Dabei darf dieses Prädikat
nicht leichtfertig vergeben werden.
Man sollte seine wahren Freunde kennen,
sie ohne Zögern benennen können,
sich ihres unermesslichen Wertes bewusst sein.
Ein solches Geschenk des Lebens
ist voller Achtung zu handhaben,
denn es verbirgt sich jede Menge Kraft darin.
Man muss sorgsam damit umgehen,
um es zu schützen und zu bewahren.

Herrlich einfach

Es braucht nicht viel,
damit Du mich glücklich machst.
Du kommst durch die Tür,
Du lächelst mich an,
und schon ist es geschehen.
Wenn doch nur alles im Leben
so herrlich einfach wäre.